Bibliothèque Régionale JOLYS Regional Library
Box 118
St-Pierre-Jolys, Manitoba
R0A 1V0

DISCARD

La Sorcière
de Bouquinville

© Éditions Albin Michel S.A., 2003
22, rue Huyghens, 75014 Paris
www.albin-michel.fr
ISBN : 2-226-14356-4

Régine Deforges

La Sorcière de Bouquinville

Dessins de Luc Turlan

Albin Michel

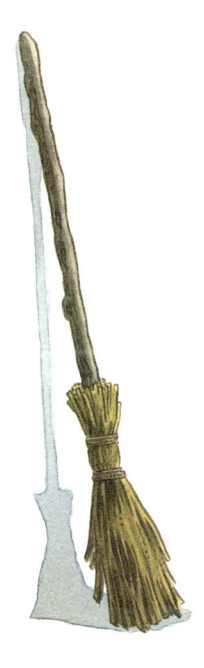

Il était une fois, dans un hameau perdu au fond des bois, une jeune sorcière qui s'appelait Lola. Elle désirait se perfectionner dans son art car tout son savoir se bornait à transformer hommes ou bêtes en grenouilles : de nos jours, ce n'était pas suffisant. Lulu, la vieille sorcière qui l'avait initiée, en convenait elle-même : mais comment faire entrer dans la tête de son élève un savoir qu'elle possédait bien peu elle-même ? La seule chose que maîtrisait

Lulu était ses déplacements à califourchon sur son balai. C'est à ça que l'on voit si une petite fille a le don de sorcellerie. Bien tenir le balai en main, savoir décoller, survoler la terre, virer puis prendre de la vitesse pour échapper aux oiseaux jaloux de cette concurrence, respecter la priorité, se poser en douceur. Toutes les petites filles, surtout celles qui vivent à la campagne, pourraient être des sorcières si elles le voulaient à la seule condition de trouver le balai magique, ce qui n'est pas donné à n'importe qui. Il faut cependant reconnaître que les petites filles préfèrent être des fées à cause des belles robes, de la baguette magique qu'elles trouvent plus élégante que le balai et de l'excellente réputation qui les entoure. Il ne leur vient pas à l'idée qu'il y a aussi de gentilles sorcières comme il y a de méchantes fées ; les contes des anciens temps en sont pleins.

Elles ne voient que l'apparence et celle des sorcières n'est pas des plus flatteuses. Comment peut-on imaginer que sous le chapeau pointu se cache une jolie figure et sous l'ample robe noire un cœur tendre et affectueux ? De plus, leurs compagnons favoris sont, aux yeux des humains ignorants, d'horribles bêtes :

LA SORCIÈRE DE BOUQUINVILLE

corbeaux, hiboux, chats noirs, crapauds. C'est pour toutes ces raisons que le métier de sorcière se perd, à la grande tristesse de Lulu. C'est alors qu'elle a pris une importante décision : envoyer étudier Rainette, c'est ainsi qu'on appelle Lola au village à cause de sa manie de transformer pour un oui pour un non ceux de son entourage en grenouilles et plus particulièrement en rainettes pour leur jolie couleur verte et leur petite taille. Transformation guère appréciée même si elle n'est que temporaire, car, pendant un temps plus ou moins long, on parle, on aboie, on miaule, on caquette, on bêle, en langue grenouille, ce qui peut donner lieu à des malentendus. Donc Lola, dite Rainette, a accepté d'aller dans cette ville dont avait parlé une sorcière de passage et où se trouvaient tous les livres nécessaires pour apprendre le beau métier de sorcière : Bouquinville.

Les préparatifs du départ ne furent pas une mince affaire : pas question de laisser Lola partir sans un bagage suffisant, elle devait faire honneur au village et à ses habitants. Il faut dire que dans cette bourgade, les sorcières n'étaient pas mal vues. Depuis longtemps on s'était habitué à leur présence car nulle famille n'était à l'abri de voir un jour une de ses filles enfourcher un balai. C'est ce qui s'était passé pour Lola, un jour que sa mère était partie au lavoir. La petite fille s'était attardée à la fontaine, amusée par le manège des grenouilles qui sautaient d'une feuille de nénuphar à l'autre. L'une d'elles, qui avait l'air plus délurée que les autres, s'était approchée par petits bonds de Lola qui avait tendu la main vers elle. La grenouille, après un bref instant d'hésitation, avait sauté dans sa paume.

– Tes pattes sont froides, tu vas t'enrhumer, dit la fillette.

– Mais non, c'est dans ma nature, toutes les grenouilles ont le sang froid.

Surprise d'entendre parler le petit animal, Lola avait retiré brusquement sa main.

La Sorcière de Bouquinville

– Eh, fais attention, j'ai failli tomber ! s'exclama la grenouille en se cramponnant à ses doigts.

– Mais… tu parles ?

– Et alors, tu parles bien, toi.

– Ce n'est pas pareil.

– Et pourquoi ne serait-ce pas pareil ?

– Parce que.

– Parce que quoi ?

– Ne fais pas la sotte, tu vois bien ce que je veux dire.

– Non, je ne vois pas, fit la grenouille en lui tournant le dos.

Pendant un moment, elles étaient restées silencieuses.

– Tu boudes ? s'inquiéta Lola.

Pas de réponse.

– Je t'ai fait de la peine ?... Je ne l'ai pas fait exprès.

La grenouille bondit si haut en se retournant, que Lola a sursauté.

— C'est toujours la même chose, sous prétexte que nous ne sommes pas faits comme vous, vous nous méprisez : c'est bête et c'est injuste, s'écria la grenouille en laissant couler une larme.

— Oh, pardonne-moi, je ne voulais pas te blesser. Mais… Comprends-moi, c'est la première fois que j'entends un animal parler.

— Ça ne m'étonne pas, vous autres les humains, vous êtes durs d'oreille. Quelquefois ça vaut mieux. Si vous saviez ce que nous disons de vous, vous feriez une drôle de tête.

— Tu veux dire que tous les animaux parlent ?

— Évidemment, fit la grenouille en haussant les épaules.

— Ça alors !… Comment tu t'appelles ?

— Je ne sais pas. On ne m'appelle pas. Et toi ?

— Lola.

LA SORCIÈRE DE BOUQUINVILLE

– Lola ?... C'est joli.

Songeuse, elle regardait la petite grenouille assise au milieu de sa main.

– Est-ce que je pourrais te donner un nom ?

– Si tu veux.

– Alors, ce sera Philomène !

– Pourquoi Philomène ?

La Sorcière de Bouquinville

– Parce que j'aime bien. Comme cela je pourrais t'appeler. Tu veux bien être mon amie ?

La rougeur qui envahit le petit corps vert lui donna la réponse. Émue, Lola déposa un baiser sur le museau de sa nouvelle amie.

Depuis ce jour, on ne les vit jamais

l'une sans l'autre. Philomène, puisque Philomène il y a, initia sa nouvelle amie aux joies de la natation et, bientôt, Lola se familiarisa si bien avec l'élément liquide qu'elle descendit dans les profondeurs de la rivière et de l'étang où elle fit connaissance avec une jeune sirène, aux longs cheveux verts, qui n'avait pas encore osé monter à la surface.

– Tu habites toute seule ici ? demanda Lola.

– Oui, depuis que mes sœurs Parthénope et Leucosie sont parties sur la terre, abandonnant leur queue pour des jambes comme les tiennes. J'ai peur de quitter la grotte dans laquelle je suis née. Cependant, depuis leur départ, je m'ennuie et je crains les génies des eaux.

En disant ces mots, la sirène se mit à pleurer. Chacune de ses larmes devenait une perle qui se déposait dans ses cheveux.

– Viens avec moi, tu ne seras plus seule. Je m'appelle Lola et toi ?

– Lysie.

– Donne-moi la main, Lysie, nous allons rejoindre Philomène.

– Philomène ?

– La grenouille. C'est mon amie. Tu la connais ?

– Oui. C'est aussi mon amie. Alors c'est toi, la sorcière qui l'appelle ainsi ? Je vais quelquefois bavarder avec elle quand elle prend le soleil sur son nénuphar. Souvent, elle m'a invitée à la rejoindre, mais je n'osais pas.

– Le monde appartient aux audacieux, fit Lola d'un ton solennel.

Main dans la main, elles remontèrent vers la lumière.

Lola dut aider Lysie, gênée par sa queue, à se hisser sur la berge.

– Merci, dit la sirène. Retourne-toi, s'il te plaît.

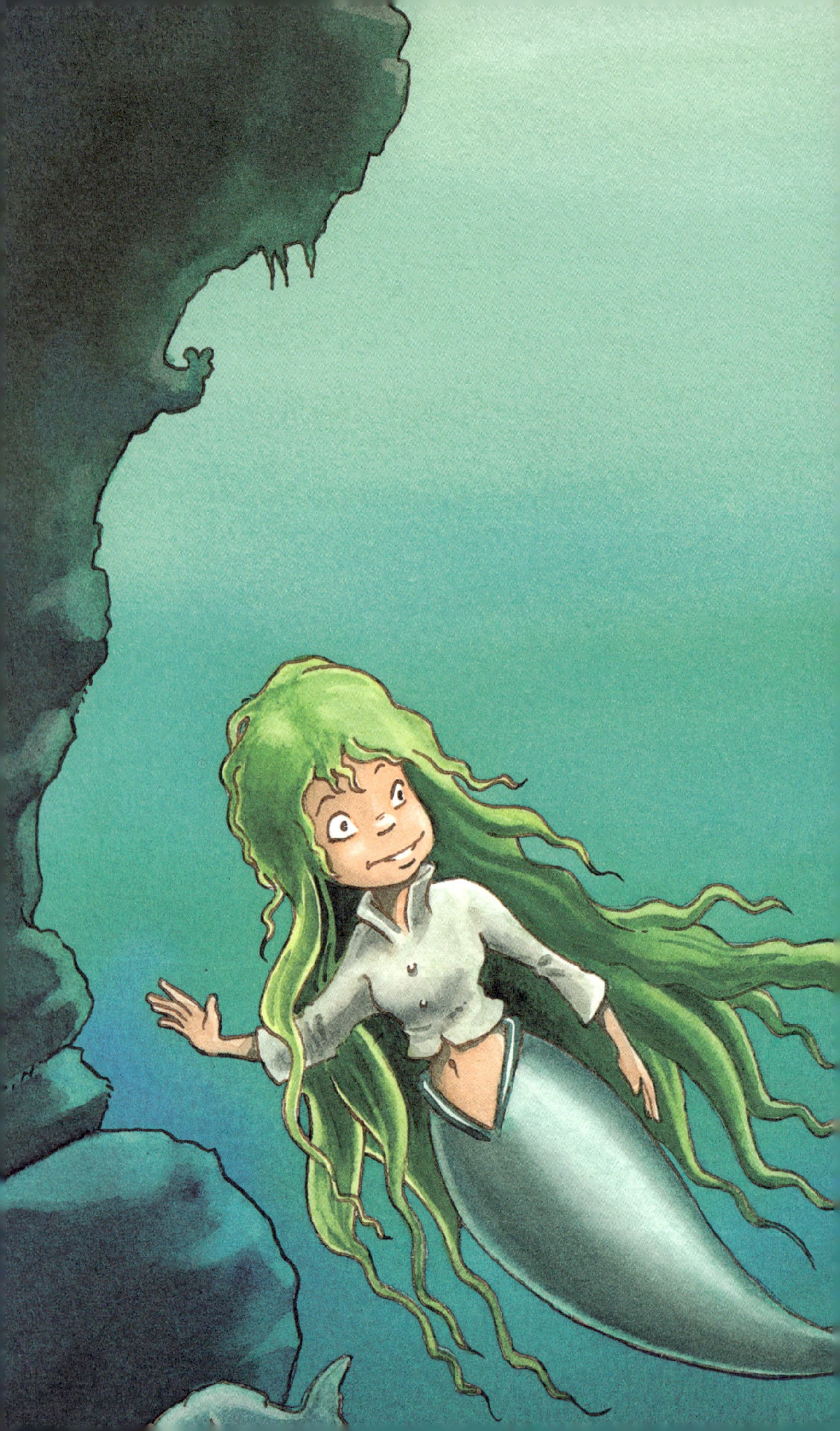

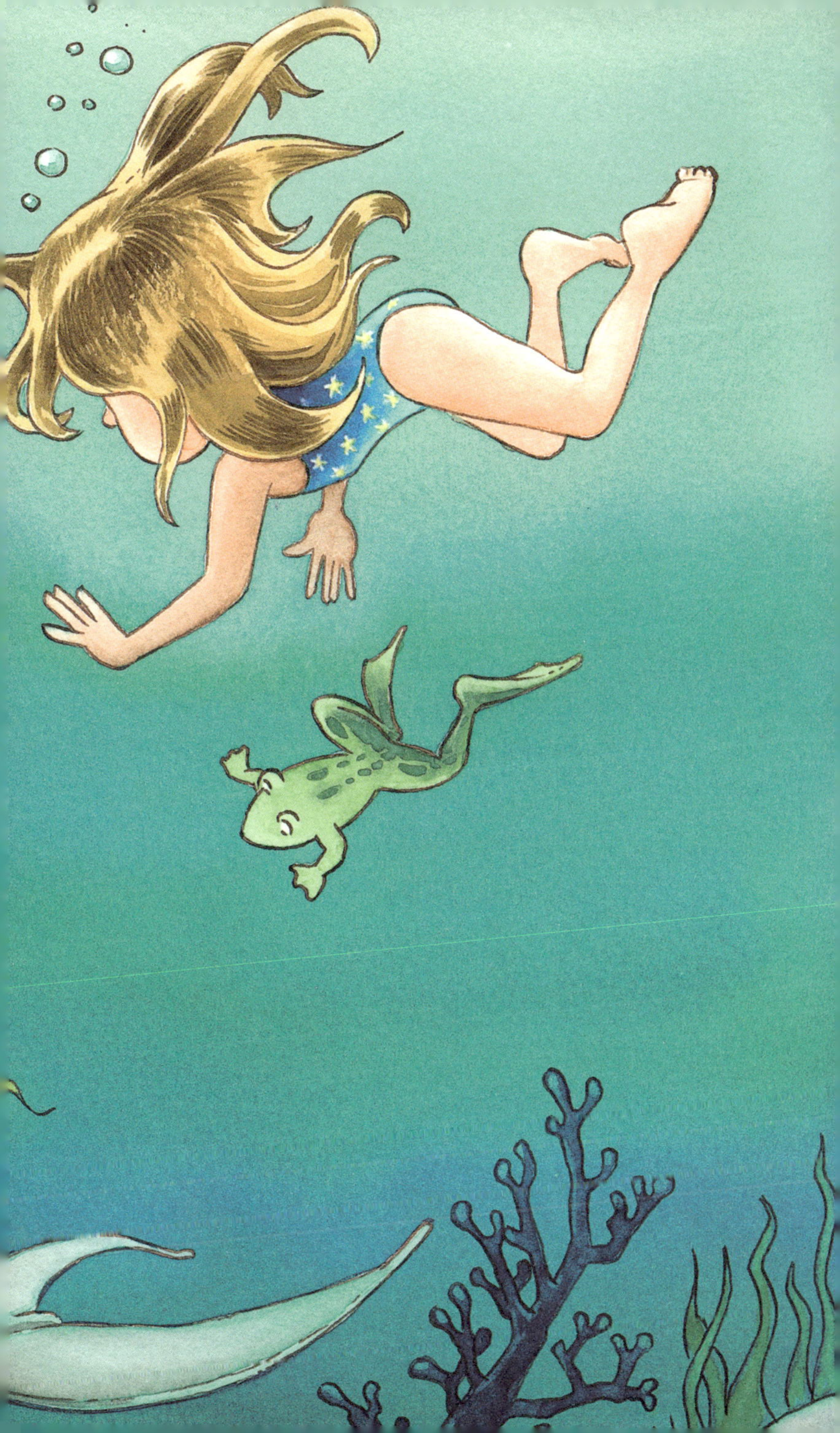

L'apprentie sorcière obéit et rejoignit Philomène qui les regardait bouche bée. Ensemble, elles lui tournèrent le dos. Après quelques instants, elles entendirent une voix enrouée :

– Vous pouvez vous retourner.

– Oh ! Croa ! firent-elles en chœur.

Devant elles, debout sur les plus mignons pieds qui se puissent voir, se tenait Lysie, enveloppée de ses longs cheveux vert pâle. Revenue de sa surprise, Lola s'écria :

– Que tu es belle ! Ne bouge pas, je vais chercher une de mes robes.

– Je préférerais un jean comme toi.

– Si tu veux.

Lola partit en courant et revint peu après portant des vêtements.

Bientôt tout fut prêt pour le départ de Lola et celui de Lysie et de Philomène, chargées de veiller sur elle. En effet, les parents de la jeune sorcière étaient inquiets de la savoir seule dans une ville de l'importance de Bouquinville, malgré les assurances de Lulu, qui avait écrit une lettre de recommandation à une sorcière de sa connaissance descendant, selon elle, de Mélusine, la fée serpente de Lusignan.

Tous les habitants du village accompagnèrent la petite troupe jusqu'à l'orée de la forêt.

Lola et Lysie marchèrent longtemps sous les arbres centenaires. La petite sirène voulut s'arrêter : ses pieds tout neufs n'étaient pas habitués à de longues marches.

– Je ne suis pas fatiguée, décréta Philomène en s'étirant.

– Tu as dormi tout le long du chemin,

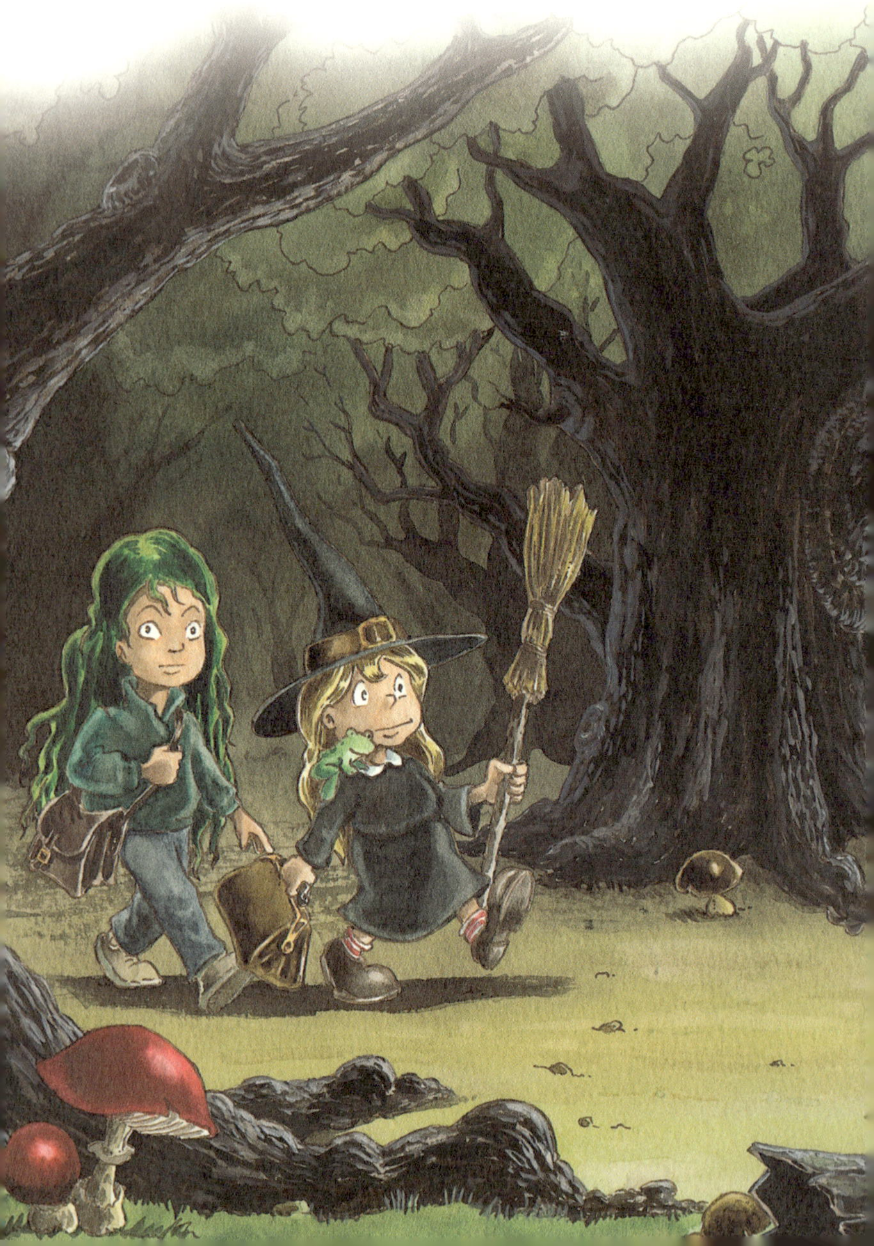

s'écria Lola en déposant doucement la grenouille sur la mousse.

– Miaou !... Croa !... Hou, hou ! ... Coax, coax !... Béé, béé !...

– Qu'est-ce que c'est ? s'exclama Lola.

– C'est nous, dirent d'une même voix le chat, le corbeau, la chouette, le crapaud et un petit chevreau noir que Lola ne connaissait pas.

– Et lui, qui est-ce ?

– Un pauvre petit. Nous lui avons sauvé la vie. Son maître voulait le tuer pour le manger.

– Quelle horreur ! firent en chœur Lola, Lysie et Philomène.

– Béé, béé, approuva le chevreau en sautillant sur place.

– Qu'il est mignon ! Comment allons-nous t'appeler ?

Tout le monde se mit à parler en même temps. Ils faisaient tant de bruit qu'ils n'entendirent pas s'approcher un grand loup noir qui regardait le gentil chevreau avec des yeux gourmands. Le chat, le premier, sentit sa présence.

– Le loup !…

– Béé, béé, bredouilla le petit en se blottissant contre Lola.

– N'aie pas peur, je suis là. Que veux-tu, monsieur le loup ?

– Rien, si ce n'est que j'aimerais bien me joindre à vous ; je m'ennuie tout seul dans la forêt, je n'ai pas d'amis.

– C'est de ta faute, tu fais peur à tout le monde !

– Je sais.

Et il se détourna pour cacher une larme.

Émue, Lysie s'approcha et lui caressa le crâne. Surpris, le loup se redressa en montrant les dents, Lysie poussa un cri.

– Pardonne-moi, dit le loup, je ne voulais pas te faire peur, mais c'est la première fois qu'une petite fille met la main sur ma tête : c'est agréable.

Lysie lui entoura le cou de ses deux bras et lui embrassa le museau. De joie, le loup se mit à gambader dans tous les sens en poussant des hurlements qui firent frémir les habitants de la forêt. Puis, calmé, il s'allongea aux pieds de Lysie avec un doux bruit qui ressemblait à un ronronnement.

– Mon Loulou, fit-elle tendrement.

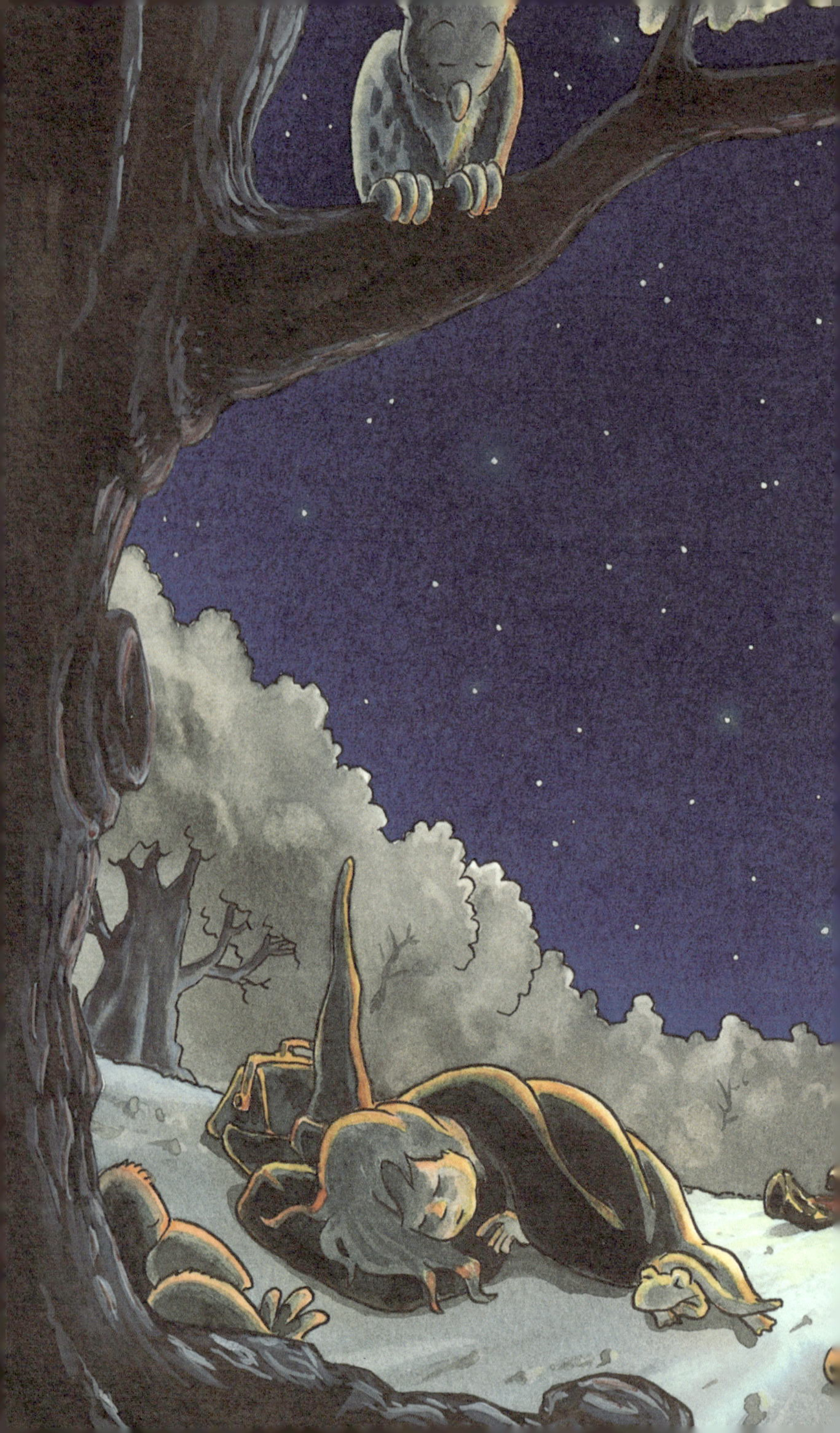

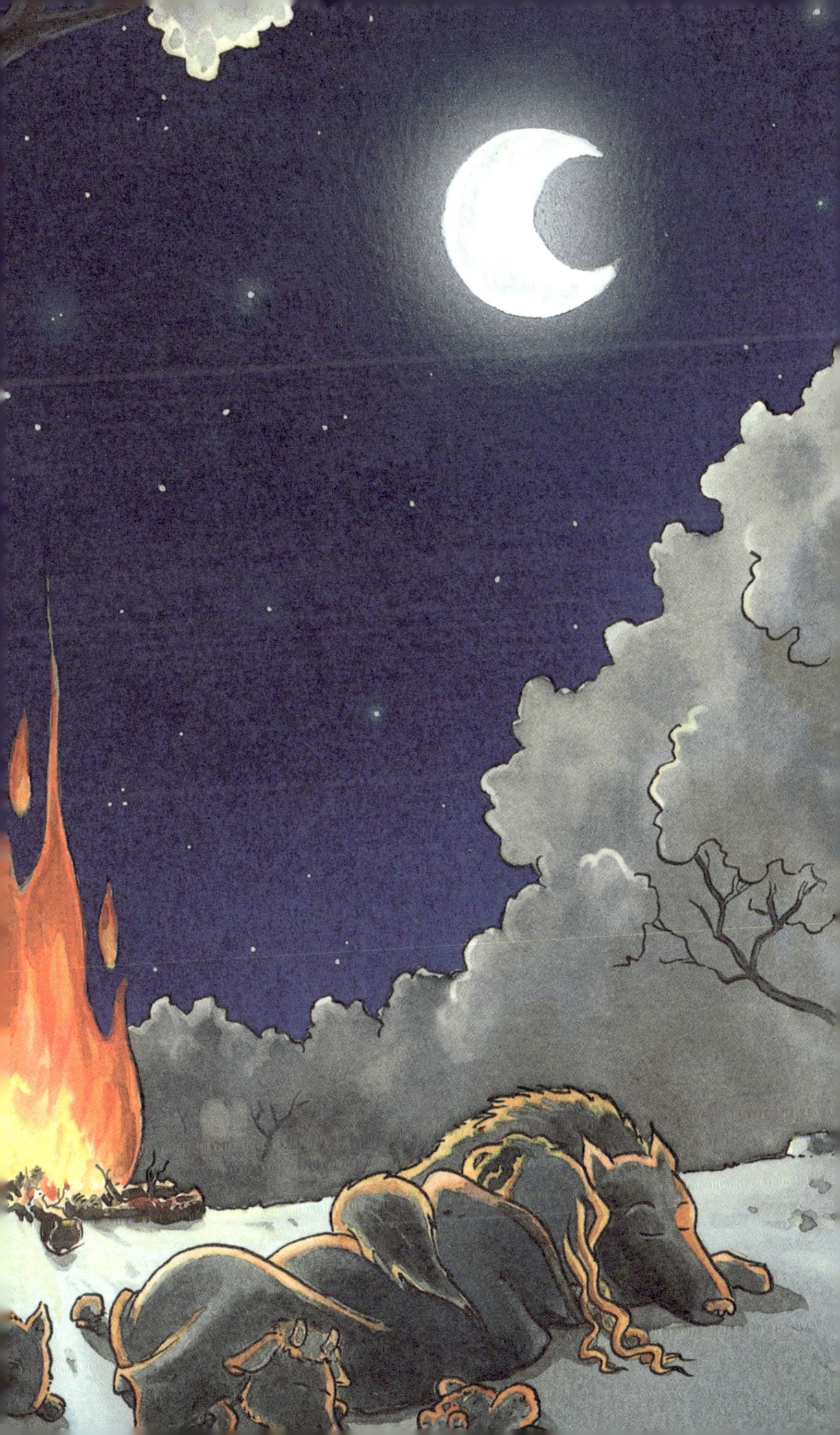

Bientôt, chacun eut un nom : le chat s'appela Minet, le corbeau Coco, la chouette Hulotte, le crapaud Charmant parce c'était peut-être un prince qu'une méchante fée avait ainsi transformé et le chevreau Beau Biquet. La petite troupe, fatiguée par tant d'émotions, s'endormit autour d'un feu, sous la protection des étoiles et des génies de la forêt.

Le lendemain après avoir fait sa toilette à la source tout le monde repartit.

En fin de journée, le clocher de l'église de Bouquinville était en vue, dominant une jolie rivière qu'enjambait un vieux pont. Devant sa porte, une jolie fille brune brodait ; Lola lui demanda si elle connaissait la sorcière de Bouquinville.

– Oui, fit-elle, si c'est de Mélissa dont tu veux parler. De toute façon, c'est sans importance, il n'y a ici qu'une sorcière.

La Sorcière de Bouquinville

Traverse le pont et prends la première rue à droite, c'est la rue du Puits Cornet, va jusqu'à la source, c'est un peu après, dans les grottes.

– Dans les grottes ? firent en chœur Lola et Lysie.

– Oui, c'est difficile de se loger à Bouquinville, les loyers sont chers et les habitants guère hospitaliers. Moi, je suis la mercière, je m'appelle Isabelle. Si vous avez besoin de quelque chose, n'hésitez pas à venir me voir. Soyez les bienvenus.

– Merci, firent Lola, Lysie, Philomène, Minet, Charmant, Loulou, Coco, Hulotte et Beau Biquet.

Le soleil commençait à se coucher derrière Notre-Dame et les ombres des maisons à s'allonger sur la rivière. Rue du Puits Cornet, il faisait presque sombre. Après la source, ils arrivèrent devant l'entrée d'une grotte défendue par un vilain chien au poil pelé aboyant très fort.

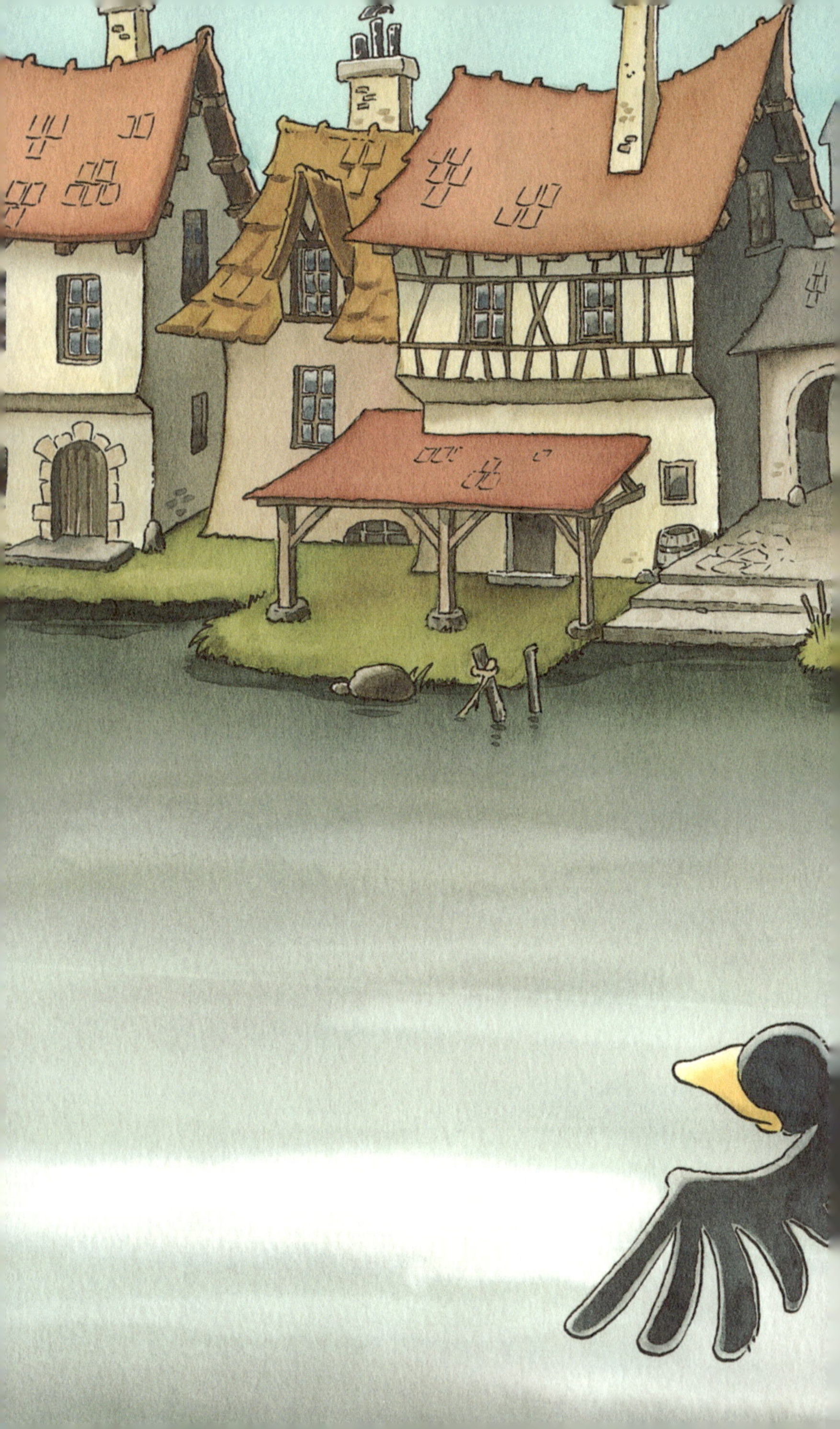

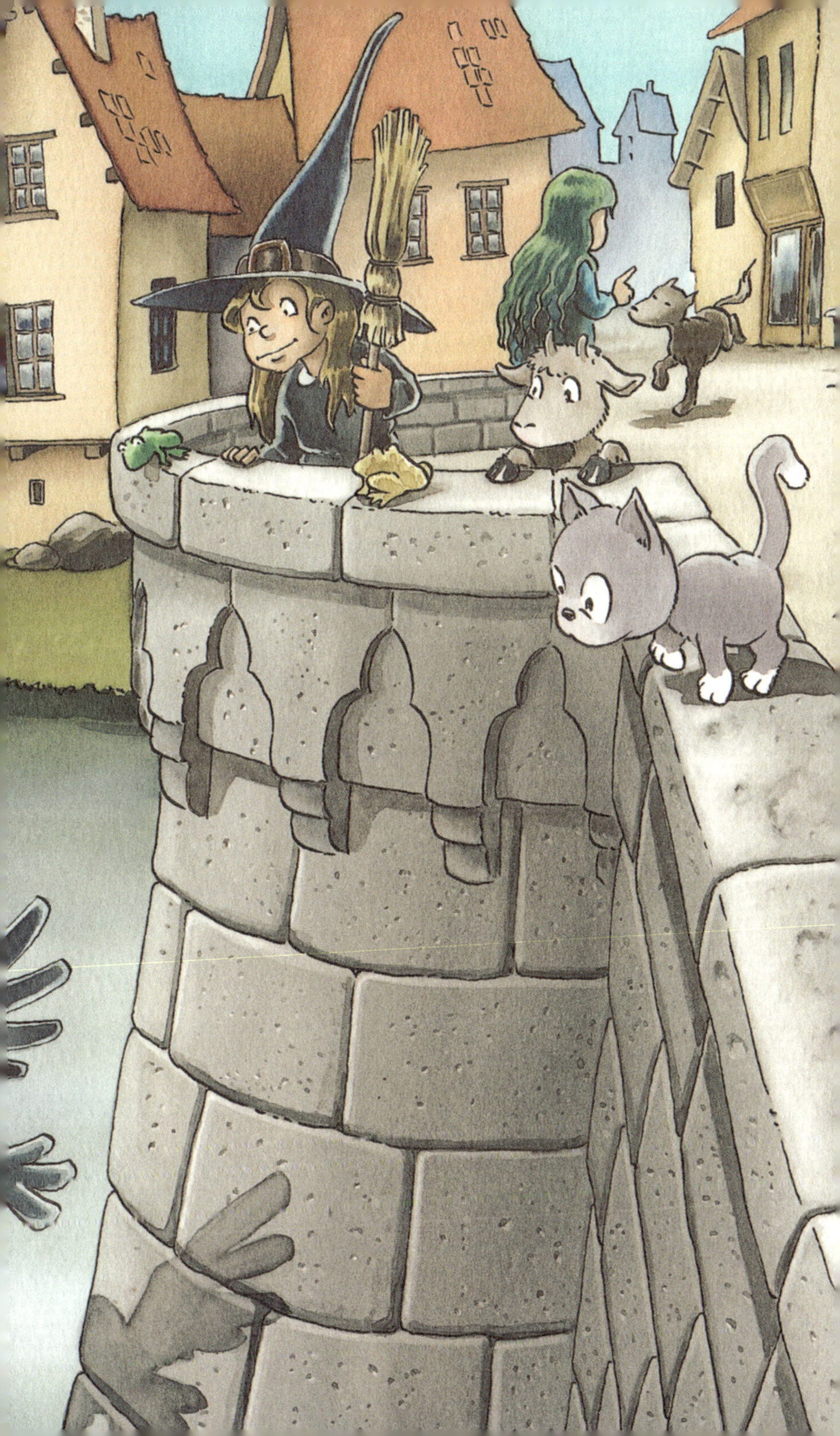

– Veux-tu te taire, vilain animal ! s'écria la propriétaire des lieux.

Mélissa avait vraiment l'air d'une sorcière, du moins telle que les montrent les écrivains qui n'ont pas beaucoup d'imagination : laide, avec un grand nez, des cheveux d'un gris sale dépassant de son chapeau, et une bosse dans le dos. Des mitaines reprisées couvraient ses doigts crochus.

– C'est toi, la jeune sorcière que m'envoie Lulu ? demanda-t-elle d'une voix éraillée.

– Oui, Madame, balbutia Lola, défavorablement impressionnée.

– Et ceux-là, fit-elle en désignant

les compagnons de Lola, sont aussi avec toi ?

— Oui, Madame.

— Ce n'était pas prévu. Vous allez être serrés dans le logement que je vous ai trouvé.

— Ce n'est pas grave, Madame. Nous sommes fatigués, pouvez-vous nous indiquer le chemin, s'il vous plaît ?

— Revenez sur vos pas. L'entrée est sous l'église. Comme cela, vous serez plus près du bon Dieu, ajouta-t-elle avec un méchant rire. Tiens, prends la clé.

Une grosse clé rouillée tomba aux pieds de Lola qui la prit. Quand elle l'introduisit dans la serrure, il faisait presque nuit. La porte s'ouvrit avec un grincement sinistre. Sur la table, elle aperçut une lampe et une boîte d'allumettes. Après plusieurs essais, une allumette consentit à s'allumer et la mèche de la lampe à s'enflammer. Une lumière jaune

envahit le logement, provoquant la fuite d'un couple de chauves-souris. La voûte était haute et sèche. Dans un coin de l'habitation, il y avait une cheminée dans

laquelle on avait jeté un fagot. Bientôt, le feu flamba dans l'âtre. La joyeuse lumière réconforta Lola et ses amis. Après avoir mangé ce qui restait de leurs provisions, chacun se coucha comme il put et s'endormit.

Lola dormit mal cette première nuit à Bouquinville. Elle se leva quand elle entendit sonner sept heures au clocher de Notre-Dame. Elle poussa la porte de sa nouvelle demeure et sortit sur le seuil. Un peu de brume flottait sur la rivière et de la fumée s'élevait des cheminées des maisons sur la rive en face. Lola s'habilla sans faire de bruit pour ne pas réveiller ses compagnons et décida d'aller faire un tour. Mais Loulou qui lui aussi avait mal dormi la rejoignit en bâillant à s'en décrocher la mâchoire.

– Que tu as de grandes dents !

– C'est pour mieux te manger, fit le loup en faisant semblant de se jeter sur elle.

– Tu ne me fais pas peur ! s'écria Lola en prenant ses jambes à son cou.

La Sorcière de Bouquinville

Ils firent la course jusqu'au Vieux Pont où une vieille femme faillit tomber à la renverse en voyant un loup poursuivre une petite fille.

— Ce n'est rien, Madame, c'est un ami !

— Drôle d'ami, bougonna la vieille en poursuivant son chemin.

Sur le pont, ils croisèrent un gamin qui portait un gros pain.

— Où l'as-tu acheté ? demanda Lola.

— Sur la place du marché.

— J'ai faim, dit la jeune sorcière, allons chez le boulanger.

Le boulanger était une boulangère, grosse et gaie.

— Tiens, dit-elle à peine étonnée, une sorcière et un loup. Vous désirez ? ajouta-t-elle aimable.

— Du pain, s'il vous plaît, Madame.

— Vous ne préférez pas des macarons, c'est la spécialité de la maison ?

— Merci, Madame, mais je n'ai pas

La Sorcière de Bouquinville

beaucoup d'argent. Je prendrai du pain.

— Comme vous voudrez. Tenez, prenez quand même un macaron, pour goûter, vous m'en direz des nouvelles.

— Merci, Madame, vous êtes bien gentille.

— C'est bon, fit Loulou la gueule pleine.

Quand ils revinrent à la grotte, tout le monde était levé.

Après le petit-déjeuner, on nettoya le logement, on lava la vaisselle et l'on fit sa toilette. Lola remarqua au fond de la grotte une ouverture dans laquelle elle se faufila. Elle se retrouva dans une autre grotte, spacieuse, au sol couvert de sable fin, éclairée par un trou bordé de fleurs mauves.

— Voilà qui peut faire une chambre agréable, déclara Lysie qui avait suivi Lola.

Leur travail terminé, Lola décréta qu'il était temps d'aller visiter Bouquinville et le collège réservé aux études des sorcières. Il faisait beau, la petite troupe monta la rude côte du Brouard, s'arrêta devant chaque librairie, admira le travail du calligraphe arabe, celui des relieuses. Fatigués, ils s'arrêtèrent à la Trappe aux livres pour déjeuner.

– C'est bon, fit Loulou la gueule pleine. Je sens qu'on va se plaire dans ce patelin.

– J'espère que l'école me plaira aussi…

À suivre…

Achevé d'imprimer en France par Pollina, Luçon
N° d'impression : L91556
N° d'édition : 22142
Dépôt légal : novembre 2003